CHRISTIANE DUCHESNE
DORIS BARRETTE

QUI A PEUR LA NUIT?

Les éditions Scholastic

Les illustrations de ce livre ont été réalisées à l'aquarelle sur des cartons.
L'artiste développe sa palette de couleurs vibrantes
en superposant de minces couches de peinture
sur une surface parfois humide, parfois sèche.

Données de catalogage avant publication (Canada)
Duchesne, Christiane, 1949-
Qui a peur la nuit?

ISBN 0-590-24449-3

I. Barrette, Doris.   II. Titre.

PS8557.U265Q5   1995   jC843'.54   C95-932997-8
PZ23.D83Qu 1996

Édition publiée par Les éditions Scholastic,
123, Newkirk Road, Richmond Hill (Ontario) L4C 3G5.
6 5 4 3 2 1   Imprimé au Canada   6 7 8 9/9

Très tôt, lorsque le soleil se lève à peine, Maurice le chat sort de chez lui. Il veut sentir le temps qu'il fait. Viennent le rejoindre alors ceux qu'il appelle ses chats mystères.

Ils n'ont pas de maison. Ils vivent dans le champ derrière chez Maurice et ils n'ont pas de nom puisqu'ils n'appartiennent à personne. Ils sont quatre : le gros, le petit, la rayure et le maigre.

Ce matin-là, Maurice déclare à ses amis :

— Moi, la nuit, je vois des ombres. Cette nuit, j'ai vu sur le mur de la cuisine l'ombre d'un ogre à chat. Un énorme, un ogre gigantesque qui a  murmuré tout bas qu'il dévorait tous les chats comme moi.

— Et tu n'as pas eu peur? demande le maigre.

— Je n'ai jamais peur, réplique Maurice.

— Dis donc, Maurice, tu n'aurais pas quelque chose à manger? demande le petit.

Maurice entre dans la maison et ressort avec cinq biscuits. Les cinq chats les croquent vite, puis ils jouent, dorment et grimpent aux arbres jusqu'au soir.

Le lendemain, Maurice
dit à ses amis :

— Moi, la nuit, je
vois des fantômes.
Cette nuit, j'ai vu dans le
salon trois fantômes qui
jouaient du violon. Et on
n'entendait rien, de rien, de rien!

— Et tu n'as pas eu peur? demande le gros.

— Je n'ai jamais peur, réplique Maurice.

— Dis donc, Maurice, tu n'aurais pas
quelque chose à grignoter? demande
la rayure.

Maurice entre dans la maison et rapporte
un pain au chocolat qu'il partage en cinq
morceaux. Ensuite, ils partent en expédition le
long de la rivière, jusqu'à la tombée de la nuit.

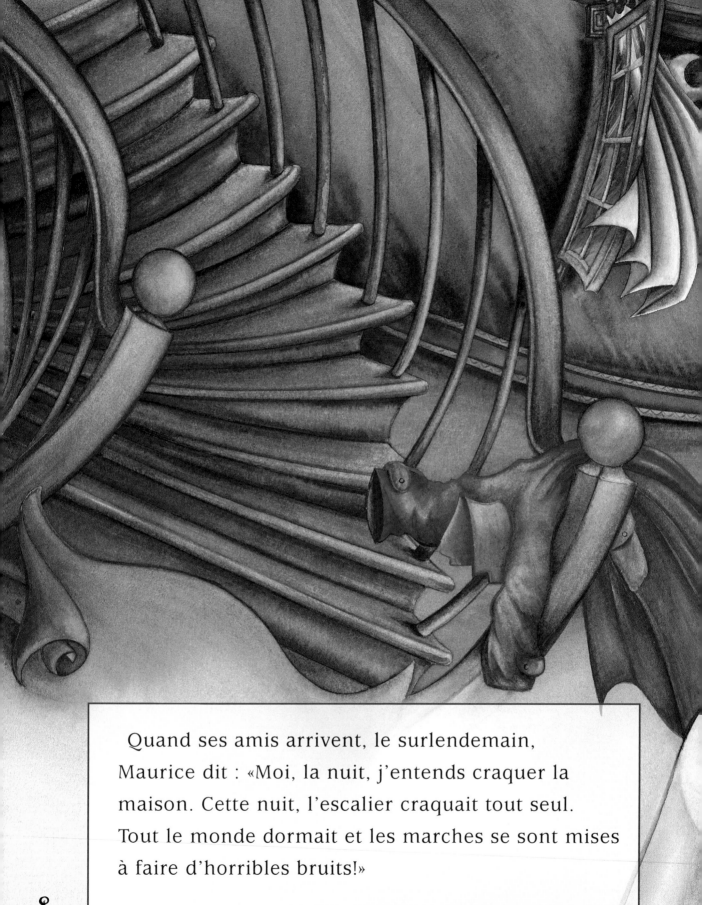

Quand ses amis arrivent, le surlendemain,
Maurice dit : «Moi, la nuit, j'entends craquer la
maison. Cette nuit, l'escalier craquait tout seul.
Tout le monde dormait et les marches se sont mises
à faire d'horribles bruits!»

— Tu n'as pas eu peur? demandent les quatre autres.

— Je n'ai jamais peur! réplique Maurice.

— Dis donc, Maurice...

— Oui, oui, je vais vous chercher quelque chose à manger.

— Non, il s'agit d'autre chose, dit le petit.

— Nous avons à te parler, ajoute le gros.

— Maurice, commence timidement le petit, nous, la nuit, nous avons très peur.

— De braves chats comme vous! Vous avez peur la nuit? dit Maurice.

— Oui, répondent les quatre chats sans nom.

Maurice éclate de rire.

— Et pourquoi donc? leur demande-t-il.

— Il y a des orages qui nous éclatent sur la tête... dit la rayure.

— Il y a des arbres qui bougent autour de nous, dit le gros.

— Il y a des bruits inconnus qui grondent dans le noir, dit ensuite le maigre.

— Et tout ça vous fait vraiment peur? demande Maurice.

— Nous avons monstrueusement peur! répondent-ils tous à la fois.

Maurice ouvre ses grands yeux et les fixe longuement.

— Mais de quoi avez-vous si peur?

— Des torrents qui nous tombent sur le dos... dit le maigre.

— Des arbres qui se mettent à marcher... ajoute la rayure.

— Des voleurs de chats qui surgissent dans la nuit... poursuit le petit.

— Nous avons peur d'avoir peur! conclut le gros.

Ce soir-là, Maurice dort très mal. Il pense aux quatre chats, couchés au pied d'un arbre au milieu du champ, tremblant de peur et guettant les ogres et les voleurs de chats.

— Moi, je n'ai jamais peur. Si je partais à leur recherche? Je pourrais les rassurer, leur chanter des berceuses, leur flatter le derrière des oreilles, peut-être?

Il fait noir, le silence de la nuit intrigue. Maurice sort sur la pointe des pattes et traverse le champ. Où dorment-ils? Où se cachent-ils? Et d'une voix faible pour ne pas réveiller les peurs de la nuit, il appelle :

— La rayure? Petit? où êtes-vous? Le gros, dis
quelque chose! Le maigre?

Et tout à coup, au milieu du silence, un éclair fend
le ciel. Le coup de tonnerre qui suit fait filer Maurice
à travers le champ.

17

— Le ciel s'ouvre, les nuages éclatent, les arbres bougent! hurle Maurice. J'entends venir l'ogre et les voleurs de chats! Au secours!

— Ma maison s'enfuit, je suis perdu! crie Maurice sous la pluie de plus en plus violente.

Maurice court sans rien voir.

Ses pattes savent heureusement où le mener et
c'est les yeux fermés qu'il se retrouve devant
la grande maison.

— Maurice! entend-il.

Il ouvre les yeux, tremblant d'effroi, mouillé
jusqu'au fond du poil.

— Vous! souffle Maurice en apercevant les quatre chats.

— Nous avons très peur, dit doucement le maigre. C'est une terrible nuit!

— Nous avons vu les arbres courir dans le champ! dit le gros.

— Nous avons vu ta maison disparaître dans l'orage! dit la rayure.

— Nous avons vu ton ogre, tes fantômes et le voleur de chats! ajoute le petit.

— Nous avons eu tellement peur que nous sommes venus! dit le petit.

— Et nous t'avons vu traverser le champ! dit la rayure.

— Tu n'as pas eu peur? demande le gros.

— Tu trembles! dit le maigre.

— Oui, dit Maurice. J'ai eu très peur. Très peur pour vous.

24

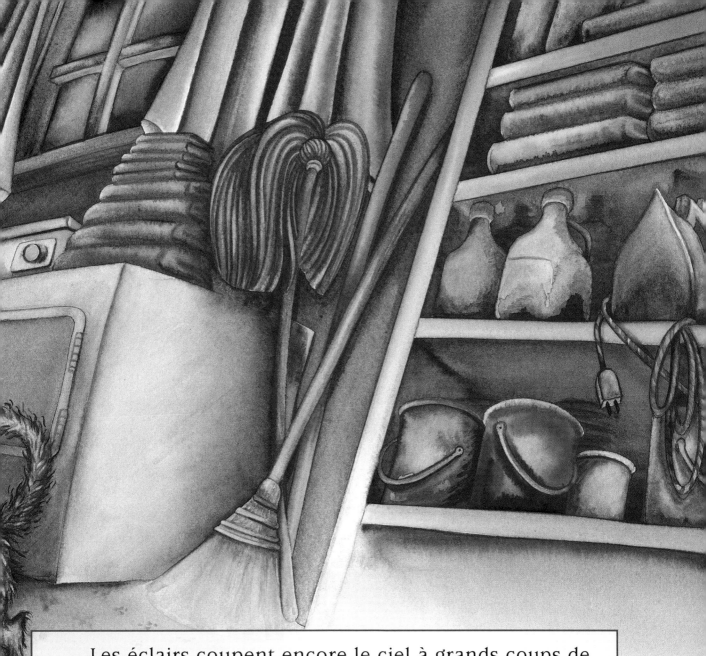

Les éclairs coupent encore le ciel à grands coups de lumière bleue. Maurice fait entrer en silence les quatre chats dans la maison.

— Ne faites pas de bruit. Installez-vous sur ma couverture, elle est assez grande pour nous tous, dit-il aux quatre chats sans nom.

Ils s'endorment en même temps, épuisés par l'orage, bien collés les uns sur les autres pour se réchauffer.

Le lendemain, quand les autres dorment encore, Maurice sort juste avant le lever du soleil pour sentir le temps.

— Moi, dit-il, cette nuit...

Mais il se tait très vite, car il ne veut pas rater le lever du soleil.

29

FIN